Ce livre appartient à . . . .

A ma fille, Cornélia

Virginie Peyre

A mes enfants, Marie, Samuel, Vincent, Isabelle

Danielle Stein-Aubert

N° d'éditeur 84390

Ce livre existe en version sonore, avec une mise en ondes de Michel MONTOYAT
Raconté par Danielle STEIN-AUBERT, chanté par Odile AVEZARD
ISBN 2-84390-010-7 (livre) - ISBN 2-84390-011-5 (livre CD) - ISBN 2-84390-012-3 (livre K7)
Loi n° 49-956 du 16 juillet 1949 sur les publications destinées à la jeunesse
Dépôt légal : septembre 1997
Photogravure Horizon Photogravure, Marseille

Virginie Peyre
Danielle Stein-Aubert

Le Grand Bal des Fleurs

L'école des Fleurs

La fée du jour entre dans le jardin
sur la pointe des pieds.
Elle soulève délicatement les draps de brume.
Les enfants fleurs s'étirent timidement
et les elfes du petit matin les saluent.

"– Une brise légère pour coiffer Primevère.
Un baiser de lumière pour réveiller Bouton d'or.
Une goutte de rosée sur Violette.
Un calin très doux à Lilas blanc."

Les oiseaux de l'aurore accueillent le lever du soleil et
petit Muguet chante avec eux.

“– Pour le petit déjeuner, gaieté et bonne humeur, annonce la fée du jour, et de la rosée tant que vous voudrez!

J’ai une bonne nouvelle pour vous.
Hier soir le lutin du jardin a proposé,
pour dimanche prochain, que nous organisions
un grand bal.
Vite petits enfants,
plus qu’une semaine pour devenir fleur!“

lundi

Aujourd'hui à l'Ecole des Fleurs, c'est la leçon de dessin.
Mademoiselle Rose, la maîtresse donne à chacun une grande feuille.

"– La vie d'une fleur commence par sa feuille. Choisissez bien celle que vous préférez.

Imaginez-la, découpez-la, dessinez-la.

Toute simple ou très élaborée, elle porte déjà votre nom. Appliquez-vous bien et que personne ne copie sur son voisin."

Bouton d'or sommeille encore et ses feuilles grandissent dans ses rêves.

Les enfants cherchent,
dessinent,
réfléchissent,
s'appliquent,
découpent.

Petit Muguet, toujours si gai,
ce matin est bien tristounet :

"– Moi, je ne sais pas dessiner et encore moins découper.
Ce que j'aime moi, c'est chanter!
Quand je serai grand, je serai musicien!"

mardi

Les rayons du soleil jouent avec la brume
du petit matin endormi.
Cosmos est un peu grognon. Il préfère jouer au ballon.

En place pour la leçon de danse!
Mademoiselle Rose fredonne la mélodie et
les petits pieds sautent de joie.

Pirouette et cabriole
tout le monde en raffole.
Les enfants fleurs s'en donnent à cœur joie.

— Dansez souples et légers, comme des rubans.

Faîtes la révérence avec beaucoup d'élégance.

Sautez...

Dansez...

Embrassez qui vous voudrez!

Entrez dans la danse,

voyez comme on danse.

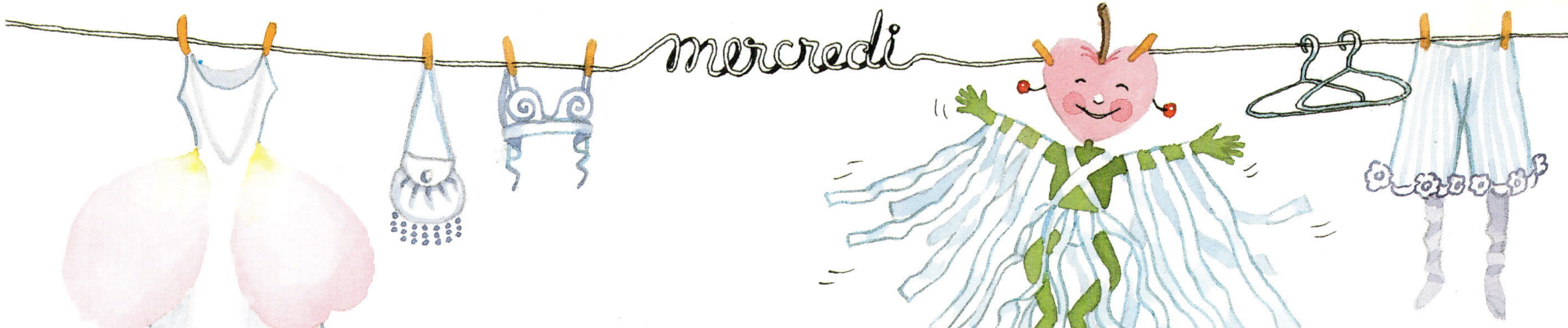

Dentelles de rosée et voiles de brume,
fils d'argent, fils de soie, boutons dorés;
l'Ecole des Fleurs est un vaste atelier.

"– Vous voilà déjà grands.
Ce matin pour la leçon de couture
taillez votre costume, découpez vos étoffes.
N'oubliez pas les boutons et tous les accessoires :
colliers de perles de rosée,
souliers vernis,
pistils pour
chapeaux à plume,
sacs à mains
et ceintures
dorées."

“– Ma robe est trop longue!“

“– Mon voile s’est tout déchiré!“

Mademoiselle Rose a des doigts de fée.

"– Plus vous chercherez, plus vous trouverez!"

"–Toutes les idées sont bonnes pour nous faire beaux et nous amuser."

"– Je serai la plus belle, pense Reine des Prés.
Autant de pétales sur ma robe
que de perles sur ma couronne."

Dans un coin caché du jardin, Paquerette brode
ses festons dorés et Cosmos rêve en cousant ses boutons.

"– Jeudi! Youpi!" disent les Cœurs de Marie.
Leçon de peinture, leçon de couleur,
quel bonheur pour les enfants fleurs.

"– Ce matin, nous nous entraînons et cet après-midi, nous peindrons pour de bon, dit Mademoiselle Rose; ouvrons nos yeux sur les merveilles qui nous entourent.
Toujours et partout, chaque objet a sa couleur.
Prenons exemple et choisissons la nôtre pour devenir fleur."

"– Qui voudra le jaune du soleil?"

"– Moi", bondit joyeuse Primevère.

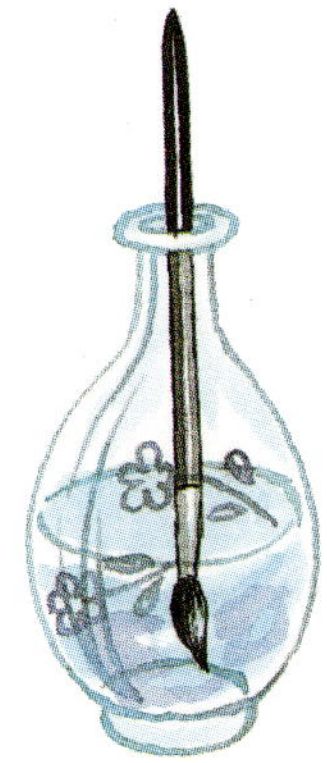

"– Moi je veux une robe comme la tienne",
chuchote Eglantine à sa maîtresse.

"– Alors pose du blanc sur ton rouge
et le rose apparaîtra."

Sage comme une image,
Tulipe s'applique pour son corsage.

"– L'important c'est l'harmonie", dit Mademoiselle Rose.

"– A quoi ça sert l'harmonie?", demande Pissenlit si poli.

"– C'est véritablement utile puisque c'est joli", répond Mademoiselle Rose.

"– Qui voudra le rouge du Père-Noël?"

"– Moi", clame Coquelicot.

Du bout des pinceaux ou à pleines mains,
les couleurs font leur chemin,
depuis les palettes des papillons
jusqu'aux costumes et cotillons.

Violette barbouille et cherche sa couleur.

"– Si tu mêles ce rose avec ce bleu,
tu auras ce que tu veux!"

"– Quand nous aurons fini, nous nous laverons les mains pour aller goûter."

"– Super"!, lance Primevère.

Vendredi matin, de gros nuages pleurent sur le jardin. De furieux éclairs déchirent le ciel. Le grand vent siffle avec rage et bouscule tout sur son passage. Il déboutonne Anémone, renverse Tulipe, décoiffe Eglantine qui perd ses étamines.
Les enfants fleurs frissonnent quand l'orage gronde et résonne.

De grosses gouttes tambourinent sur les feuilles fragiles.
La pluie dégouline sur les délicates robes de soie.
Chaque enfant fleur traverse l'averse à sa manière.
Après la pluie le beau temps. Bientôt le soleil inonde le jardin de son habit de lumière.

"– Séchez vos larmes, dit-il, la pluie est bienfaisante aussi.
Demain, grâce à elle, vous aurez encore grandi et tout ira bien."

Alors la nuit déroule ses voiles de rêve.

Chu...u..utttt...

Le lutin du jardin travaille la nuit.
Le lutin magicien travaille sans bruit.
De son chapeau pointu, de ses cachettes secrètes, il sort, sans tambour ni trompette, fioles et flacons, coffrets et baluchons.

Et son doux murmure berce le sommeil des enfants.

"– De la poudre d'or pour Bouton d'or.
Des clochettes d'argent
pour le tintinnabule de Muguet blanc.
Une robe de lune pour Belle de nuit et un chapeau à plumes pour Patte d'Oie.
Coussins de velours pour Petite Minette et Pied de Chat.
Beaucoup de feuilles découpées pour Dent-de-Lion et beaucoup de terre fraîche pour Gueule de Loup."

Samedi

Samedi matin, l'aurore est claire sur le jardin.
De la terre humide et chaude, Mademoiselle Rose cueille le doux parfum de chacun.
Maman Muguet vient aider pour la journée.
Parfum délicat pour petit Lilas.
Parfum puissant pour Lys blanc.
Parfum de gourmande pour Lavande.
Et parfum de discrète pour Violette.
Parfum rêveur pour Pois de senteur.
Et parfum coquin pour Romarin.

"– Le grand bal, c'est pour demain, dit Mademoiselle Rose. Ajustez vos robes de fête, un peu de rose aux joues et vos plus jolis bijoux."

"– Puis-je vernir mes épines?" questionne Eglantine.

"– Bravo Coquelicot. Ton chapeau est vraiment très beau!"

Le grand jour est là, dans tout son éclat.
Un tantinet fatigué, le lutin du jardin aide à tout préparer. Les rayons du soleil épanouissent les pétales des enfants, étonnés de leurs costumes chatoyants et bigarrés.

Les grillons accordent leurs violons.

Le rossignol prépare ses trilles.

Les crécelles des cigales chantent la joie de vivre.

Sur le velours parfumé
des mousses du printemps,
la musique du grand bal
résonne dans le cœur
des enfants fleurs...

Fin

La photo de la classe de l'école des Fleurs

Achevé d'imprimer en septembre 1997 sur les presses de l'imprimerie A. Robert
Parc d'activité de la plaine de jouques 200 avenue de coulin 13420 Gemenos